L'AGENCE LENOIR ET BLANC

Ça chauffe à l'agence de détectives Lenoir et Blanc !
Edgar Lenoir et **Amandine Blanc** ne savent plus où donner de la tête. Vingt-quatre heures sur vingt-quatre, ces deux fins limiers s'emploient à traquer les mauvais sujets. Leur flair fait frémir jusqu'aux bandits les plus endurcis. Aucun détail suspect ne leur échappe, aucune piste ne résiste à leur acharnement. L'ouïe fine d'Amandine et le regard perçant d'Edgar finissent par élucider les mystères les plus obscurs.
À vous d'accompagner les deux détectives sur le terrain pour enquêter avec eux ! Vous aurez fort à faire, car les quarante énigmes présentées ici demanderont toute votre vigilance et votre discernement le plus aigu. Aidez Edgar et Amandine à déjouer les ruses des coupables, à fendre leurs tissus de mensonges, et ne vous laissez pas piéger par les faux-semblants. Suivez l'action et ouvrez l'œil pour répondre à la question qui vous est posée à la fin de chaque énigme. Vous pourrez vérifier votre solution en vous reportant à la fin du livre où elle vous est donnée. N'oubliez pas de compter vos points, surtout si vous jouez à plusieurs !
Et maintenant, plus un instant à perdre ! L'agence Lenoir et Blanc fait appel à vous. Edgar et Amandine vous emmènent avec eux.

1

UN FANTÔME EN PLEIN JOUR !

Mme Mollet est encore sous le choc. D'une voix tremblante, elle raconte à Amandine ce qui vient de lui arriver :
– À 10 heures 55 précises, je sors de ma cuisine. Et que vois-je dans mon couloir ? Une silhouette entièrement recouverte d'un drap blanc qui fonce vers la porte d'entrée, qui se prend les pieds dans le tapis, se cogne la tête contre le chambranle, et s'enfuit dans la cage d'escalier. Ma première frayeur passée, je ne m'attendais pas à ce que j'allais découvrir. Mon bulletin de loto avait disparu. Avec cinq bons numéros !

Pour Amandine, il n'y pas de doute. Le fantôme est un des trois autres locataires. Elle les convoque aussitôt. Où se trouvaient-ils à 10 heures 55 ? Voici leurs déclarations.

Mme Coudet : J'étais en train de préparer des îles flottantes, j'attends mes petits-enfants pour déjeuner. Ils vont se régaler.

M. Debrosse : Je rentre tout juste de mes courses. Pauvre Mme Mollet, quelle histoire épouvantable !

M. Grangeux : J'ai fait la grasse matinée, je viens à peine de me lever. Je me suis dépêché de prendre ma douche pour venir répondre à votre question, alors veuillez excuser ma tenue.

QUESTION

Parmi les trois voisins de Mme Mollet,
quelle est la personne qui ment de toute évidence ?

....

2

DES RONDS DE BIÈRE QUI VALENT TRÈS CHER

Un collectionneur a chargé Dora Duchamp de présenter sa collection unique de ronds de bière anciens à une vente aux enchères à Bruxelles. Edgar accompagne sa vieille amie antiquaire à la gare où elle doit prendre le train de 10 heures 20.
À leur insu, ils sont suivis par Fernand Branca, un concurrent jaloux, qui a eu vent de l'affaire. Collectionneur fou de ronds de bière, Branca est prêt à tout pour s'approprier le trésor. Il a minutieusement préparé son coup.
Arrivée devant le panneau des trains au départ, Dora pose par terre la grande valise contenant les ronds de bière. Elle regarde de quelle voie part l'express pour Bruxelles. C'est de cet instant d'inattention que profite Branca avant de disparaître dans la foule avec son butin.
Dora ne s'est aperçue de rien, Edgar, en revanche, a observé la manœuvre du coin de l'œil. Il a laissé faire le malotru qui n'ira pas loin et qu'il attrapera la main dans le sac.

QUESTION

Comment Fernand Branca a-t-il réussi son coup
et où se trouve-t-il maintenant ?

·LIÈGE
·BRUXELLES 3
·AMSTERDAM 14
·HAMBOURG 15
·ZURICH 7
·BERNE 11
2
BISTRO
15

3

LE VOL DU PERROQUET

En rentrant du travail, Mme Bécaud découvre avec stupeur que la porte de la cage de son perroquet chéri est grande ouverte. L'oiseau, une espèce rare, s'est volatilisé ! Les soupçons de sa propriétaire se portent immédiatement sur Renaud Duveton, le gardien de l'immeuble. Elle en veut pour preuve que, pas plus tard que l'avant-veille, Duveton lui a parlé d'une bourse aux oiseaux rares où son perroquet rapporterait sûrement beaucoup d'argent.

Edgar promet à Mme Bécaud de voler dans les plumes de Duveton. Le gardien le reçoit de fort mauvais poil.

– La bestiole de Mme Bécaud ? ronchonne-t-il. Ce n'est sûrement pas chez moi qu'elle aurait intérêt à venir se nicher. Je déteste les oiseaux.

L'œil d'aigle d'Edgar parcourt la loge du gardien, puis sa mine s'éclaircit. Mme Bécaud ne s'est pas trompée. C'est bien Duveton qui détient le perroquet, en attendant de le vendre pour son compte.

QUESTION

Quel est l'indice qui trahit le gardien ?

. . . .

SEMOULE
SOUPE
PATES
GRAINES OISEAUX
RIZ
SEL
HARICO
NOUILLES
LE QUOTIDIEN

4

L'HABIT NE FAIT PAS PASSER LA DOUANE

Dans la navette qui transporte les voyageurs à l'aéroport, Amandine n'a d'yeux que pour Orlando Solitario, assis devant elle de l'autre côté du couloir. Orlando est un brillant escroc qui écoule des diamants de contrebande, et Amandine doit le suivre discrètement pour le traquer avant qu'il ne puisse s'envoler vers l'étranger. Jusqu'ici, tout s'est bien passé, Orlando est facilement repérable grâce à son énorme moustache broussailleuse et au gros colis qu'il serre sur les genoux.
Hélas, à peine arrivé à l'aéroport, le filou file droit vers les toilettes du hall de départ qui grouille de monde. Dépitée, Amandine ronge son frein. Cachée derrière un pilier, elle attend qu'Orlando réapparaisse. Les minutes passent sans la moindre trace de l'homme à la moustache. Amandine s'obstine, piétine, fulmine, puis, subitement, elle comprend. Orlando Solitario s'est joué d'elle ! Son passage aux toilettes n'avait d'autre but que de changer d'aspect afin de passer inaperçu.

Amandine scrute la foule. Pourvu qu'il ne soit pas déjà trop tard ! Un sourire de satisfaction se dessine sur ses lèvres. Non, malgré son affublement étrange, Orlando Solitario ne lui échappera pas.

QUESTION

Qu'est-ce qui a permis à Amandine de reconnaître Orlando Solitario ? Et où se trouve-t-il ?

....

5

NOUILLES ET MAGOUILLES

Coup de tonnerre chez les fabricants de nouilles. La célèbre marque Mac Caroni va renouveler toute la gamme de ses produits. Des artistes célèbres ont mis la main à la pâte pour créer la collection « Mac Caroni Plus », gardée pour l'instant dans le plus grand secret au sein de l'entreprise. La télé braque ses caméras sur l'usine, les journalistes des magazines culinaires sont à l'affût, chacun désireux d'être le premier à dévoiler la nouvelle génération de nouilles à son public. Sans parler des espions que la concurrence n'aura sûrement pas manqué d'envoyer.
C'est Mario, le nouvel apprenti, qui lance l'alarme. En passant devant le bureau du chef comptable, il a aperçu, derrière la vitre de verre dépoli, la silhouette de ce dernier, en train de passer à une inconnue le coffret contenant la collection convoitée. Mario se précipite sur le téléphone pour avertir l'agence Lenoir et Blanc.
À vous de surveiller la rue à sa place.

QUESTION

L'inconnue se trouve-t-elle toujours dans la foule ?

MUSÉE
NOUIL
1880
MAC C

6

CHÊNE D'HORREUR

L'aube pointe à l'horizon lorsque Alphonse Rameau rentre de la fête d'anniversaire de son meilleur ami. Il manque de tomber à la renverse. Quelqu'un a profité de son absence nocturne pour abattre son chêne centenaire, le joyau de son jardin.

Le sang de Rameau ne fait qu'un tour, il compose le numéro de l'agence Lenoir et Blanc. D'après lui, le coupable ne peut être que son voisin Émile Roseau, qui n'a cessé de se plaindre de l'ombre que lui faisait le chêne.

À 6 heures 30, Edgar arrive sur les lieux. Rameau sonne chez Roseau et l'incrimine du saccage. L'autre se fâche, récuse les accusations :

– Comment voulez-vous que j'aie scié votre arbre ? s'insurge-t-il, vu que moi non plus je n'étais pas là cette nuit. J'ai dormi chez ma sœur Lisette, et je suis rentré il y a cinq minutes à peine.

Pour Edgar, l'affaire est entendue. Il a vu et entendu suffisamment de choses pour pouvoir se forger une opinion.

QUESTION

Selon vous, Émile Roseau dit-il la vérité ?

LE MATIN

7

LE RETOUR DES FRÈRES GARAVOKOFF

Amandine raccroche le combiné du téléphone. Pour une nouvelle, c'est une nouvelle ! À en croire son correspondant anonyme, les célèbres frères Garavokoff seraient sur le point de reprendre leurs activités criminelles. À peine sortis d'un long séjour à l'ombre, Ricky, Nicky et Jojo Garavokoff, les trois frères braqueurs, fomenteraient un coup retentissant. Toujours d'après le même correspondant, Jojo, le benjamin, serait, en ce moment même, occupé à déguster sa boisson favorite, un chocolat chaud, assis à une table du « Requin bleu », l'ancien quartier général du trio.

Amandine et Edgar ont beau se dépêcher, quand ils arrivent au « Requin bleu », le chocolat est bu, et Jojo a mis les bouts. N'empêche qu'avec un peu de patience, les indices qu'il a laissés en diront long sur les intentions de la bande.

QUESTION

Comment faire pour prendre en flagrant délit les trois frères Garavokoff ?

. . . .

8

DE QUOI PERDRE AU CHANGE

Dans plusieurs villes de la région, de faux billets de banque, toutes valeurs et toutes monnaies confondues, ont commencé à circuler. L'émotion est vive. La police suspecte un important réseau international de faux-monnayeurs d'être à la source du trafic.
L'agence Lenoir et Blanc décide de mener sa propre enquête. Hélas, elle ne semble pas vouloir avancer. D'humeur maussade, Amandine s'apprête à quitter son poste d'observation à l'angle du bureau de change qui est sur le point de fermer. Derrière son guichet, l'employée fatiguée se prépare à partir.
– Bonsoir, mademoiselle, désolé de vous déranger si tard.
En souriant, un dernier client tend une liasse de dollars à la jeune femme. Puis il sursaute en étouffant un cri. La main d'Amandine vient de s'abattre sur son épaule.
– Pas de chance, Gaston Laplanche ! Vos billets sont pourris. Je n'en attendais pas moins de vous. Veuillez me suivre discrètement.

QUESTION

Qu'est-ce qui a permis à Amandine de retrouver sa bonne humeur ?

....

ANGE
BUREAU de CHANGE
ouvert
de 9h à 19h
FIVE DOLLARS

9

LA VÉRITÉ NE TIENT QU'À UN CHEVEU

Dimitri Potter a mal tourné. Ce prestidigitateur renommé, qui faisait jadis la gloire des cirques où il se produisait, a versé dans l'escroquerie des jeux de hasard. Quelques cartons empilés à la va-vite au coin d'une rue, des badauds épatés par le tournoiement des dés, appâtés par l'illusion de gagner gros, et le tour est joué.
Personne ne gagne jamais, l'escroc empoche la mise et s'évapore aussitôt. Comment lui mettre la main dessus ?
Tout semble indiquer que Dimitri Potter se fait héberger par Léo Cry, un dompteur de lions à la retraite, chauve comme un œuf. Il reçoit Edgar dans son pavillon de banlieue.
– Oui, en effet, ronronne-t-il, l'homme sur la photo, c'est bien mon cher camarade. Que devient-il ? Vous avez de ses nouvelles ? Il y a si longtemps que je ne l'ai vu.
Le dompteur ment comme il respire.
Edgar en a acquis la preuve après avoir passé l'intérieur coquet du pavillon au peigne fin de son regard.

QUESTION

Qu'est-ce qui trahit la présence de Dimitri Potter ?

10

COURSE D'OBSTACLES

La compétition pour le Grand Prix de Formule 1 est bien engagée. Sur la piste du fameux circuit d'Aycraze-le-Champy, les bolides vrombissent à qui mieux mieux. À leur tête, laissant les autres concurrents à plusieurs tours derrière lui, Larry Caubert, l'incomparable, s'envole vers une victoire quasiment assurée. Le cœur serré, ses fans le voient obliquer vers le stand de son écurie. C'est le moment de remplir le réservoir de son engin avant d'attaquer le sprint final. Avec le mélange d'essence F98, spécialement conçu pour offrir la meilleure performance à son moteur.
En dépit de son sang-froid apparent, Larry Caubert transpire à grosses gouttes. Il craint un sabotage de la part d'un concurrent jaloux. C'est pourquoi il a fait appel aux détectives de l'agence Lenoir et Blanc, leur demandant de garder un œil sur ce qui se passe dans le stand.
– Il a bien fait, murmure Amandine à l'oreille d'Edgar en observant les employés qui s'agitent autour de la voiture du champion.
– Effectivement, confirme son collègue, on dirait qu'il y a de l'eau dans le gaz. Viens vite, il n'y a pas un instant à perdre !

QUESTION

Qu'est-ce qui a attiré l'attention des deux détectives ?

GRAND PRIX
LARRY GAUBERT
328
INTERDIT de FUMER
F98
EAU
LEO-OI
3

11

LE VOLEUR DE LA TOMBOLA

Mme la mairesse Marianne Martin a organisé un bal costumé dans les jardins de l'hôtel de ville. Pour clore la soirée, il y aura à minuit un magnifique feu d'artifice, précédé du tirage d'une tombola. Le bénéfice servira à financer les activités du comité de jumelage. Chaque invité a mis un point d'honneur à se présenter dans un déguisement qui le rend méconnaissable.

La fête bat son plein, tout le monde s'amuse à deviner qui se cache derrière tel chignon postiche, telle armure de chevalier. C'est alors qu'une femme déguisée en fée glisse à la mairesse une lettre anonyme assortie de la photo d'un homme. Puis elle se fond dans la foule.

Alarmée par le contenu du message, Marianne Martin appelle aussitôt l'agence Lenoir et Blanc. Un sinistre individu, présent à la soirée, chercherait à voler la recette de la tombola au moment du feu d'artifice.

Edgar et Amandine accourent, se mêlent discrètement à l'assistance. À minuit moins une, l'individu est enfin démasqué.

QUESTION

Sous quel déguisement se cache le voleur ?

. . . .

12

LE SAPHIR DE SUMATRA

La mine défaite, Camille de Côtay arpente sa boutique de long en large.
– Quel désastre, mademoiselle ! Mon saphir de Sumatra, une pierre d'une très grande valeur, a été froidement volé. Sous mes propres yeux !
Amandine promène son regard sur les vitrines étincelantes de la bijouterie.
– Racontez-moi ce qui s'est passé, dans l'ordre et par le détail.
– Eh bien voilà, soupire le bijoutier, à 17 heures 15 précises, un homme est entré dans la boutique. Il était intéressé par le saphir. Pour qu'il puisse l'étudier tranquillement, nous nous sommes retirés dans mon bureau. C'est là qu'il me l'a arraché des mains et que, d'un coup de pied, il m'a claqué la porte au nez. Le temps de la rouvrir, il avait déjà traversé la boutique et s'était noyé dans la foule des passants.
Amandine examine les lieux en silence, puis sa question tombe :
– Le saphir était-il assuré ?
– Euh… oui, naturellement, bredouille le bijoutier.
Il n'en faut pas plus à Amandine pour conclure son enquête. Camille de Côtay a simulé le vol du saphir pour empocher l'argent de l'assurance. C'est un détail de son récit qui l'a trahi.

QUESTION

Quel est ce détail qui contredit ce qu'Amandine a pu observer ?

BUREAU PRIVÉ
DIPLÔME

13

UNE NOTE D'HÔTEL QUI SERA SALÉE

La jeune réceptionniste de l'hôtel « Au bon repos » est en larmes.
– J'ai été engagée, il y a à peine une semaine, en sortant de l'école hôtelière, confie-t-elle à Edgar. J'étais si contente d'avoir trouvé ce travail.
Edgar lui tend un mouchoir et elle poursuit :
– Le client s'est présenté hier soir, avec une toute petite mallette, j'aurais dû me méfier. Il m'a demandé la plus belle chambre, et il s'est fait monter le menu le plus cher.
– Et ce matin, il est parti sans payer, je parie, anticipe Edgar.
– Et sans laisser la moindre trace, confirme la réceptionniste.
– C'est ce qu'on va voir, murmure Edgar. Vous voulez bien me montrer sa chambre ?
La visite s'avère fructueuse. Le client frauduleux a laissé un indice qui permettra de l'épingler à coup sûr.
– Je m'occuperai de lui faire payer son dû, mademoiselle, y compris mes honoraires. Il ne recommencera pas de sitôt, je vous le promets.

QUESTION

Où et quand Edgar pourra-t-il mettre la main sur le coupable ?

. . . .

HO
14
JUIN
CHOCO
PRALINES
CINE +
IMMO
ION
ALPHA

14

UN RÔLE D'ENFER

Grand drame au théâtre municipal ! À cinq minutes de la première du *Magicien d'Oz*, Bruno Dagen, la coqueluche du public, parcourt le couloir des loges en poussant des hauts cris. Le comédien rondouillard est toujours en peignoir bien qu'à cette heure-ci, il devrait être fin prêt pour entrer en scène. Seulement voilà, son costume d'« Homme de fer » a disparu.

Le directeur arrache ses derniers cheveux. Impossible de fournir pour ce soir un nouveau costume à Bruno ! Il ne lui reste plus qu'à faire appel à Yvon Mevoyre, le remplaçant de Bruno. Dommage, car Mevoyre ne possède pas l'envergure débonnaire de Dagen ; en revanche, il a les dents longues.

À la surprise générale, le remplaçant a déjà revêtu son habit de tôle.

– Trahison ! rugit Bruno Dagen. Mevoyre, ça, tu me le payeras !

Il part en peignoir chercher Amandine et Edgar qui sont venus assister à la première. En apercevant les deux détectives, Yvon Mevoyre a soudain très chaud dans son armure.

QUESTION

Que redoute l'« Homme de fer » ?

ISI
SILENCE
LYDIA
SCÈNE
BRUNO
SCÈNE
YVON
MICKEY

15

LA MARGARIDA TRICOLORE

Gérard Menvussa est sûr et certain : la Margarida tricolore, le timbre le plus précieux de sa collection, n'a pas pu disparaître par hasard.
– Je l'ai sortie de mon coffre-fort, ce matin, je l'ai posée sur ma table de travail, et puis, j'ai été dérangé sans cesse, explique-t-il à Edgar.
– Par qui ?
– D'abord par le plombier qui est venu réparer le robinet de la cuisine, ensuite par un vendeur de voitures, et, pour finir, par ma femme de ménage. Je ne supporte pas le bruit de l'aspirateur, alors je suis sorti.
Edgar interroge les trois personnes pour se faire une opinion.
– J'ai réparé le robinet, vite fait, bien fait, lui dit le plombier. Mon client m'a payé dans sa cuisine avant de me raccompagner à la porte.
– J'ai été très bien reçu, assure le vendeur de voitures en tirant sur son cigare. Je pense que je ferai affaire avec M. Menvussa.
– Je viens tous les jeudis matin, déclare la femme de ménage. Je nettoie l'appartement, à l'exception du bureau, parce que M. Menvussa ne veut pas qu'on y touche.
Et c'est justement là, dans le bureau de Gérard Menvussa, qu'Edgar fait une découverte qui révèle l'auteur du vol.

Le plombier

Le vendeur de voiture

La femme de ménage

QUESTION

Qui a dérobé la Margarida tricolore ?

16

DES PHOTOS PARLANTES

Le courrier vient d'arriver à l'agence Lenoir et Blanc. Parmi les plis se trouve une enveloppe qui, curieusement, ne porte aucune indication concernant l'expéditeur. Elle contient neuf photos, sans le moindre mot d'accompagnement. Amandine et Edgar reconnaissent sur les clichés un certain Albert Doilon, qu'ils recherchent depuis longtemps. Il est accompagné de son ouistiti Riri, dont il ne se sépare jamais. D'autres photos montrent la princesse Navina et son fiancé, le chanteur Pat Trophor.
De toute évidence, quelqu'un désire donner un coup de pouce à l'enquête des deux détectives, tout en voulant rester anonyme. Les photos sont parlantes, il suffira de les mettre dans le bon ordre pour rétablir le fil de l'action.

A

B

C

D

E

F

G

H

I

QUESTION

Quel est l'ordre des images ?
Qu'est-ce qu'elles illustrent clairement ?

. . . .

17

QUI N'A PAS PRIS SON BILLET ?

Enfin de vraies vacances ! Pour s'évader du travail de l'agence et se changer les idées, Amandine a pris un billet pour une croisière en Méditerranée. Le paquebot vient de quitter le port de Naples pour se diriger vers la Sicile. Amandine décide de faire quelques longueurs de piscine, avant le déjeuner.

À peine s'est-elle mise à l'eau que le signal d'alarme retentit. Des membres de l'équipage courent dans tous les sens. Le premier officier, qui a reconnu la célèbre détective quand elle est montée sur le bateau, se dirige vers elle.

– Nous avons un passager clandestin à bord. Pourriez-vous nous aider à le retrouver ?

Pourquoi ne peut-on pas la laisser tranquille pendant ses vacances ? En soupirant, Amandine enfile son peignoir. Elle retrouve son sourire en inspectant le canot de sauvetage que le passager clandestin a dû abandonner précipitamment.

QUESTION

Où se trouve l'intrus ?

18

COUSU DE FIL BLANC

S'apprêtant à faire sa promenade matinale, le sculpteur Léonard de Carrare est soudain atterré ! De son œuvre favorite, la statue de l'explorateur Marco Polo, qui se dressait fièrement à l'entrée du domaine, il ne reste plus que le socle. Gisant par terre, quelques éclats de marbre et un marteau témoignent de l'enlèvement brutal de l'objet d'art.

– Quel est le barbare, s'exclame Carrare, qui a osé s'en prendre à mon Marco Polo ?

L'artiste fait appeler l'agence Lenoir et Blanc.

Le portier emmène Amandine sur le lieu du crime où l'attend un Léonard pétrifié de chagrin. Intrigué par le bruit de voix, le jardinier survient et s'indigne à son tour du méfait.

Amandine fouille soigneusement les abords de la statue avant d'interroger le sculpteur, le portier et le jardinier.

– Désirez-vous jeter un coup d'œil sur le reste du parc ? s'enquiert Carrare.

– Pas la peine, monsieur, j'ai vu ce que j'ai voulu voir. Le voleur de votre Marco Polo est un de vos deux employés, cela saute aux yeux.

QUESTION

Qu'est-ce qui trahit le coupable ?

MARCO
POLO

19

UN NAIN PEUT EN CACHER UN AUTRE

Après le départ des derniers visiteurs, Thomas Tchoum, le gardien du musée des Nains de jardin, fait sa dernière tournée d'inspection de la journée. En sifflotant allégrement, il donne un coup de plumeau par-ci par-là, sur les bonnets rouges, les barbes blanches.

Quand il entre dans la dernière salle, le plumeau lui tombe des mains. Le nain au violon n'est plus à sa place, ni ailleurs, d'ailleurs.

Tchoum court avertir le directeur qui pique une colère gigantesque.

– C'est cette vieille sorcière d'Huguette Laucaze qui l'aura volé, j'en mettrais ma main au feu. Elle a toujours été jalouse de notre violoniste, souvenez-vous, mon cher Tchoum, elle a même essayé de le racheter au musée.

Le lendemain, Edgar et Amandine rendent visite à la collectionneuse dans sa maisonnette au bord de la rivière. Entourée de ses petits protégés de plâtre, Huguette se montre bouleversée en apprenant la disparition du nain au violon. Elle jure sur ses grands dieux n'y être pour rien.

QUESTION

Edgar et Amandine réussiront-ils à lui prouver le contraire ?

GRAINES de CITROUILLE
OIL

20

POUR LES BEAUX YEUX DE LOLA

Soirée de gala au casino de Grandville-les-Flots où la chanteuse Lola Tyre présente en avant-première les titres de son nouvel album.
Après le récital, Amandine retourne dans la loge de sa vieille amie pour la féliciter.
Malgré l'accueil enthousiaste que lui a réservé le public, Lola semble inquiète et, bien qu'il fasse très chaud dans la loge, elle frissonne. Un début de grippe ?

– C'est bien pire, se confie-t-elle. J'ai l'impression d'être poursuivie. Tout à l'heure déjà, en me maquillant pour le spectacle, je me suis sentie épiée. J'ai mis ça sur le compte du trac. Alors que maintenant, c'est différent. Je suis sûre que quelqu'un est entré dans ma loge pendant que j'étais sur scène. Tu crois qu'on m'a volé quelque chose ?
– Oui, lui sourit Amandine, après avoir laissé courir son regard. Et je peux même te dire que le voleur est certainement un de tes fans.

QUESTION

Ouvrez l'œil ! Qu'est-ce que l'admirateur de Lola lui a dérobé ?

. . . .

21

LE MESSAGE DÉNICHÉ

Lebic et Fouillard jubilent. Le redoutable duo d'escrocs s'en est encore mis plein les poches en volant des carnets de chèques et en contrefaisant la signature de leurs victimes. Leur méthode est fort simple. L'un ou l'autre se présente à la caisse d'un magasin, son panier bien rempli : ordinateurs haut de gamme, chaînes hi-fi, vêtements de marque, bijoux, qu'il paye par chèque. Naturellement, on lui demande une pièce d'identité. Pas de problème, Lebic est un faussaire accompli. Fouillard se charge ensuite d'écouler la marchandise chez un receleur.
Cette fois-ci, la police serre le duo de près. Lebic a caché le butin en un lieu sûr, avant de se mettre au vert, Fouillard s'est réfugié chez sa grand-mère. Ils communiquent par messages codés.
Le receleur est arrêté et, peu après lui, Fouillard. Dans la niche du chien de la grand-mère, la police trouve le dernier message envoyé par Lebic. Mme la commissaire Aimée Lagomme contacte aussitôt Edgar, son ancien collègue, pour l'aider à le déchiffrer. À peine le message décrypté, ils partent à la recherche de l'argent.

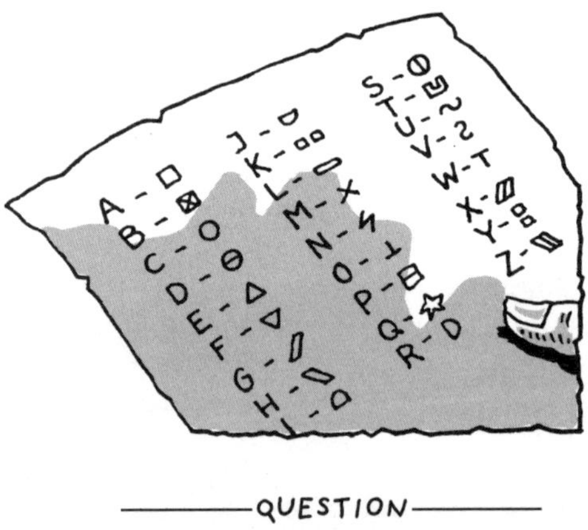

QUESTION

Où Lebic a-t-il caché le magot ?

CHÂTEAU
DES CORBEAUX

22

FIN D'UNE CARNIVORE

Rosalie Poucevert est aux anges ! Son rêve le plus cher vient de se réaliser : au bout d'innombrables tentatives, la pépiniériste a enfin réussi à cultiver une *Carnivora vorax*, cette plante carnivore sauvage extrêmement fragile. En effet, la Carnivora a besoin d'un maximum de soleil pour vivre ; la pénombre lui serait fatale. C'est pourquoi elle a été placée au plus près de la lumière, tout en haut de la serre.
Pendant de longues semaines, Rosalie et ses deux employés, Rita Dupot et Harry Trotteau, ont chouchouté la petite merveille. C'est demain que Rosalie doit enfin la présenter au Congrès international des pépiniéristes. Ce soir, en voulant jeter un regard sur son trésor, elle s'évanouit presque. Serrée entre une anémone géante et une fougère, la Carnivora se meurt au fond d'une étagère !
Rosalie a un terrible soupçon : quelqu'un a voulu empêcher sa présentation. À part la pépiniériste, seuls les deux employés ont une clé de la serre. Edgar les interroge. Harry Trotteau prétend ne pas être entré dans la serre depuis plusieurs jours. Quant à Rita Dupot, elle déclare avoir passé les derniers jours exclusivement au bureau. Un seul regard suffit à Edgar pour savoir lequel des deux ment effrontément.

QUESTION

Qui a déplacé la *Carnivora* ?

ROPHYTUM
ATTENTION
ASTER
ONIA
CAMPANULE GÉANTE
NUTRI FLOR
CACTUS OPUNTIA
RICIN NAIN
AINES
TERREAU NATURE
INSECTICIDE
ENGRAIS

23

AU HASARD LA CHANCE

Aucun coffre-fort ne résiste au doigté d'Émile Heurot. Ce véritable passe-muraille est la bête noire des banquiers de la région.
Ils ont chargé l'agence Lenoir et Blanc de le prendre en filature. Mais comment suivre quelqu'un dont on ne possède, en tout et pour tout, qu'un mauvais portrait-robot ? Et pas la peine de rechercher d'éventuels complices, Heurot n'en a pas, il travaille en solitaire.
Un soir qu'il rentre de l'agence, Edgar croise un homme à l'entrée du métro. Sa tête lui paraît familière. C'est seulement quand l'individu a tourné le coin qu'Edgar comprend qui vient de lui passer sous le nez. En forçant le pas, il se met sur les talons d'un homme qui pourrait bien être Heurot. Lorsqu'il le voit obliquer à droite, Edgar laisse passer quelques instants avant de s'enfoncer à son tour dans l'impasse déserte. Derrière une palissade s'étend la cour encombrée d'un forgeron. Dans l'atelier, la lumière est encore allumée. Nulle trace de l'homme qu'Edgar vient de filer. Ou bien si ? Mais oui ! Et c'est bien d'Émile Heurot qu'il s'agit !

QUESTION

Qu'est-ce qui prouve la présence de l'as du coffre-fort ?

....

FERBLANTERIE
O. THÔLE
VIEILLE
FORGE

24

L'AMIRAL A MIS LES VOILES !

– Au voleur ! s'écrie la baronne Dupréz-Fleury du haut de sa fenêtre.
Le portrait de son aïeul, le fameux *Amiral Oloncourt après la bataille navale de Kelba-Zâr,* a disparu. Le tableau suscite depuis toujours l'admiration et la convoitise des amateurs d'art.
Appelée sur les lieux de la forfaiture, Amandine se retrouve face aux habituels suspects : la femme de chambre, le cuisinier, le chauffeur, le jardinier. Et pourquoi ne pas y ajouter le ramoneur aussi bien que le baron et la baronne ? Avant de procéder aux interrogatoires, Amandine, fine mouche, décide de faire le tour de la propriété. Et elle est bien inspirée !
– L'auteur du vol se trouve parmi vous, déclare-t-elle à l'assemblée estomaquée. Pas besoin que je vous fasse un tableau, regardez !

QUESTION

Où se cache le tableau ?

10 kg

25

UNE INVENTION QUI RECOIFFE

Samson Tifftel a de quoi se réjouir. L'ingénieux chercheur vient de trouver la formule d'une lotion miraculeuse qui fait repousser les cheveux. De quoi redonner espoir aux chauves du monde entier !
Le soir même, il convie ses collègues de laboratoire afin de leur présenter sa découverte. Venu chercher son ami Samson pour leur partie de ping-pong hebdomadaire, Edgar assiste à la démonstration.
À peine a-t-elle commencé qu'un court-circuit plonge le laboratoire dans l'obscurité totale. En avançant à tâtons, Tifftel réussit à trouver le disjoncteur et à remettre le courant. Tout le monde soupire de soulagement, à l'exception de Samson Tifftel. Muet de stupeur, il désigne son bloc-notes. La feuille sur laquelle figurait la formule de sa lotion a été arrachée pendant la panne d'électricité.
Les collègues se montrent indignés, gênés, le voleur se trouvant forcément parmi eux. Du coin de l'œil, ils se lancent des regards soupçonneux. Edgar, en revanche, laisse son regard se promener librement. Le résultat ne se fait pas attendre.

QUESTION

Qui a volé la formule ?

TIFFTEL
LOTION CAPI
Confidentiel

26

LE PUZZLE DU PICKPOCKET

Plongé dans la lecture des faits divers, Edgar sursaute sur sa chaise. Dans la pièce à côté, Amandine vient de pousser un juron, ce qui ne lui arrive pas souvent. Il la voit penchée sur la corbeille à papier qu'elle fouille rageusement.

– Ça m'apprendra à vouloir mettre de l'ordre dans ce capharnaüm, peste-t-elle. J'ai jeté toute une montagne de vieux dossiers, en les déchirant un par un. Sans m'apercevoir qu'une enveloppe s'était glissée dedans, avec des photos récentes de prévenus, dont celle de Dédé Trousseur.

– Le pickpocket de l'aéroport, celui qui vient de sortir de prison ?

– Lui-même, confirme Amandine avant de pousser un deuxième juron.

Les trois photos de l'enveloppe sont réduites en morceaux ! Par chance, les deux détectives retrouvent un vieux portrait-robot dans leurs archives qui leur permet de recomposer la photo du pickpocket.

QUESTION

Quel est le numéro de matricule de Dédé Trousseur ?

367
9901
723
47
315
927

27

MIRABELLE

Au concours annuel des animaux de compagnie, la tension est à son comble. L'heure tant attendue de la remise des prix est enfin venue. Le président du jury s'avance sur la scène pour annoncer les résultats. Grand ami des bêtes, Edgar assiste en observateur à la cérémonie, accompagné de son mulot Marcel.
– Mesdames et messieurs, chers amis à poils, à plumes et à écailles, déclare le président, à la décision unanime du jury, j'ai l'honneur de décerner le premier prix de notre présent concours à la délicieuse Mirabelle et à sa maîtresse, Peggy Pécari. Applaudissons-les très fort !
Rose de confusion, Peggy se retourne vers Mirabelle pour la serrer dans ses bras. Hélas, son cochon nain a disparu ! Peggy se pâme de désespoir, Edgar court à son secours.
– On a enlevé ma Mirabelle, se lamente-t-elle, j'en suis persuadée. C'est une petite cochonne bien trop affectueuse pour se sauver toute seule. Aidez-moi à la retrouver, je vous en supplie !
C'est alors que Marcel sort sa truffe fouineuse ; ses moustaches frétillent, ses petits yeux pétillent.

QUESTION

Où Marcel a-t-il repéré Mirabelle ?

ANIMAUX DE COMPAGNIE
GRAND CONCOURS
SORTIE
PAULA
MAX
WILLI
COCO
LULU
SAN
2ème PRIX
FIDO
MIRABELLE
TOFFIE
1er PRIX
PIPETTE
RIRI
CARLOS
FIFI
SUZY
SAM
NELLI
3ème PRIX

28

C'EST UN PEU FORT DE CAFÉ !

Consternation à la salle des ventes ! Douze précieuses tasses à café, ayant jadis appartenu à la comtesse de Seychauld, ont été dérobées de leur vitrine. Le soir même, Amandine se rend, à l'improviste, chez Germain Petiju. Elle le soupçonne d'être l'auteur du vol, et c'est ce qu'elle lui dit sans y aller par quatre chemins. Petiju lui rit au nez :
– Vous faites fausse route, mademoiselle. Primo, j'ignorais l'existence de ces tasses en vermeil, secundo, la salle des ventes est très mal surveillée, et tertio, vous n'avez aucune preuve contre moi.
Amandine repart, dépitée.

En arrivant à sa moto, elle s'aperçoit qu'elle a oublié ses gants.
Elle sonne de nouveau chez Petiju.
– Entrez, lui crie ce dernier depuis sa chaise qu'il ne semble pas avoir quittée.
Il a les yeux rivés sur la télé où se déroule la finale du championnat de patinage artistique. Amandine ramasse ses gants, jette un dernier regard sur le studio de Petiju, puis elle se fige tout à coup. Ses soupçons se trouvent fondés. Pendant son absence, Germain Petiju n'est pas resté immobile, certains indices le prouvent clairement. Et s'il s'est dépêché de faire son petit ménage, c'est qu'il avait quelque chose à cacher de toute urgence. Quoi d'autre que les tasses volées ?

QUESTION

Qu'est-ce que Petiju a fait dès le départ d'Amandine ?

....

29

TRAQUENARD AU BAR

Minuit dix. Le rideau de fer du « Perroquet de jade » vient de tomber, les néons sont éteints. Dans l'arrière-salle du bar mal famé, quatre joueurs entament une partie de poker nocturne. Réunis autour de la table se trouvent Hermine Derien, la patronne du « Perroquet », Raoul Piquette, le barman moustachu, Théodore Dainœil qui ne quitte jamais ses lunettes de soleil, et Sam Horsec, un représentant de commerce, de passage dans la ville.

On joue pour de l'argent, la mise est de taille, chacun veille à cacher son jeu. La partie avance, la tension monte, d'ici quelques instants, un des quatre joueurs empochera la mise en emportant la partie. À coup sûr, et certainement pas par un coup de chance !

Tant pis pour les trois perdants qui n'auront que leurs yeux pour pleurer. Inutile pour eux de s'adresser à Edgar ou Amandine : l'agence Lenoir et Blanc n'enquête pas sur les jeux de hasard.

QUESTION

Qui des quatre joueurs va rouler les trois autres dans la farine ?

BAR
T.D.
SH

30

DU TOC, MAIS DE QUELLE ÉPOQUE ?

En se promenant un dimanche au marché aux Puces, Edgar et Amandine sont attirés par une gravure exposée sur le stand de Roland Bobine. Le marchand est en train de vanter la valeur de l'œuvre à un client intéressé :

– Cette *Petite gourmande au pot de miel* est unique en son genre. Elle a été réalisée en 1877 par le célèbre graveur Stanislas Duffain-Burain comme cadeau d'anniversaire pour sa petite-fille Hortense qui est morte en 1973, âgée de cent deux ans. Elle l'a léguée à sa petite-nièce. Cette dernière a connu récemment de graves difficultés financières. Elle est venue me voir avec ce petit chef-d'œuvre, et je lui en ai offert un bon prix. La pauvre, elle était si contente.

Le client est visiblement ému, et Bobine renchérit :

– Si j'étais vous, monsieur, je n'hésiterais pas, une pièce comme celle-ci, vous ne risquez pas d'en retrouver une de sitôt.

Edgar et Amandine s'approchent, et le marchand blêmit.

– Trêve de bobards, Bobine, votre gravure ne vaut pas un clou !

QUESTION

Qu'est-ce qui donne raison aux deux détectives ?

31

BON PIED, BON ŒIL !

Amandine trépigne. Réussira-t-elle enfin à prendre en flagrant délit l'espion K1K-A ? Par un correspondant anonyme, elle a su que K1K-A allait recevoir, ce matin même, un microfilm que lui apporterait un certain X. Lieu du rendez-vous : le magasin de chaussures « Sam Botte ». Amandine arme son appareil photo.
À 9 heures 30 précises, un homme entre dans la boutique. D'après la description fournie par le correspondant anonyme, il s'agit bien du dénommé X. – Clic ! – Il essaie une paire de chaussures après l'autre ; aucune ne semble lui convenir. Bientôt, le sol est jonché de souliers et le vendeur ne sait plus où donner de la tête. X en profite pour glisser le microfilm au fond d'une chaussure – Clic ! – et pour cacher sous son manteau celle qui fait la paire. – Clic ! – Il finit par acheter une paire de pantoufles, puis quitte le magasin. Avant que le vendeur puisse ranger les chaussures, K1K-A entre à son tour – Clic ! – et demande à essayer des sandales. En plein hiver ! Pendant que le vendeur fouille dans les étagères, K1K-A scrute en catimini les souliers éparpillés. Soudain, son regard s'illumine. – Clic ! – Il allonge le bras – Clic ! – et retire le microfilm de sa cachette – Clic ! – pour le dissimuler dans la poche de son pantalon. – Clic ! – À l'aide de son portable, Amandine prévient la police.

QUESTION

Où était caché le microfilm ?

....

SEMELLES PAZAPPA
BON PIED BON ŒIL

32

OÙ VONT SE NICHER LES COUCOUS ?

Bertrand Tourloupe est un gros poisson qui nage en eau trouble. Il y a longtemps qu'Edgar essaie de l'attraper.
Jusqu'ici, le trafiquant d'horloges à coucou contrefaites a toujours réussi à se glisser entre les mailles du filet tendu par le détective. Cette fois-ci, Edgar le serre de près. Il sait que Bertrand Tourloupe envoie ses coucous par la poste à un complice qui les revend par la suite.
Pour connaître l'identité de ce complice ainsi que son adresse, Edgar prend le faussaire en filature et le suit jusqu'à la poste centrale. Tourloupe expédie son colis. Edgar attend patiemment la fermeture du bureau. Puis, avec l'assistance du directeur, il se met à examiner, un par un, les colis qui attendent leur acheminement. Ils sont nombreux ; la recherche s'annonce longue. Peu importe à Edgar ; il sait que sa patience sera finalement récompensée. Le coucou contrefait ne lui échappera pas. Au bout d'une petite heure, il tient enfin le colis entre les mains et, avec lui, la clé de l'énigme.

QUESTION

Dans quelle ville réside le complice de Bertrand Tourloupe ?

. . . .

M. Grimm
8, rue du Phare
BREST
ACE
ULLE
AUX
Madame Vallée
41500 MER
HAUT
MICRO
ROT
B.Bernard
2, rue du Pont
440 LA BEGUDE
ques Roche
oche
OCHES
JEAN
BAGNAC
Portier
rue du Château
AVIGNON
F. MARTIN
8, rue du Temple
46240 La Bastide
ARE
URT
AMIN
ette
YON
T. GAUTIER
Lamartine
Vannes
rue du Port
13670 ARS
N. LACOSTE
56840 Ile d'ARZ
14000

33

DES MATELOTS À VAU-L'EAU

La boulangerie pâtisserie « La Mie de tout le monde » compte parmi les meilleures de la ville. En plus de son pain croustillant et de ses gâteaux fondants, elle est réputée pour son succulent « matelot en chemise » : une boule de glace à la vanille en pot, aux pépites de chocolat, coiffée d'un bonnet de crème Chantilly avec une cerise confite en guise de pompon. Créé par le patron, Jacques-Henri Ancor, ce délice rafraîchissant réchauffe le cœur des gourmands, petits et grands, qui s'y ruent tous les jours dès potron-minet.
Or, ce matin, Jacques-Henri Ancor fait plutôt grise mine. Le congélateur qui abritait ses fringants « matelots » a été vidé. Il n'en reste plus un seul. Mais qui a bien pu faire ça ? Il n'y a, hélas, pas à chercher loin. Le méfait n'a pu être commis que par un familier des lieux. Ils sont trois : Suzette Crep, la vendeuse d'Ancor, Éric Ochet, le garçon de courses, et Geoffroy Auné, le beau-fils, qui lorgne sur l'héritage.
Par chance, Amandine passe par là, pour se régaler d'un « matelot » avant de se rendre à l'agence. Jacques-Henri Ancor lui fait part de son embarras. D'un simple coup d'œil, elle lui ouvre les yeux. En effet, les traces ne manquent pas pour désigner l'auteur du vol.

QUESTION

Qui a subtilisé les « matelots en chemise » ?

....

DU
BON
PAIN
SANS
FIN
MATELOT EN CHEMISE
FRIGO
FARINE

34

UN PASSEPORT QUI NE PASSERA PAS

Edgar reçoit une lettre de sa grand-tante qui habite New York.
« Mon cher petit Edgar, écrit-elle, on n'a pas tous les jours quatre-vingts ans. Je compte sur toi pour venir fêter mon anniversaire. Ci-joint un billet d'avion aller-retour. Grosses bises, tante Adèle. »
Edgar est ravi. Il vérifie si son passeport est toujours valable, choisit un beau cadeau d'anniversaire et achète une bouteille de champagne.
Le jour du départ, il se rend à l'aéroport et se présente au guichet d'enregistrement. Il fait un temps splendide. Edgar demande une place près d'un hublot, pour pouvoir admirer le paysage pendant la traversée. Les bateaux sur l'Atlantique, la banquise du Groenland, vus de dix mille mètres de haut, il en rêve déjà en faisant la queue au contrôle des passeports. Soudain, la voix du policier le fait sursauter. Le fonctionnaire vient de contrôler le passeport du passager qui précède Edgar.
– Désolé, monsieur Gouille, ce document est indubitablement un faux.
– Quoi ? Comment ? Vous osez ? s'égosille le voyageur qui semble tomber des nues.
Edgar jette un regard discret par-dessus l'épaule du policier. Le passeport est effectivement faux et son propriétaire, un fieffé menteur.

QUESTION

Quelle erreur grossière a commise le faussaire ?

CONTRÔLE DES PASSE
A 137228L-74Z
DÉLIVRÉ LE:
13 MAI 2003
VALABLE JUSQU'AU:
12 MAI 2008
SIGNATURE
Gouille
A 137228L-74Z
PRÉFECTURE
NOM:
GOUILLE
PRÉNOM:
THOMAS
DATE DE NAISSANCE:
30 FÉVRIER 1947
LIEU DE NAISSANCE:
PARIS

35

DEUX TIRS AU BUT EN FINALE

Noël et Léon Agagnier sont des frères jumeaux qui se ressemblent comme deux gouttes d'eau.

Et ce n'est pas tout. Ils aiment tous les deux le foot, et ils ont le même penchant pour le braquage de banque qui leur a déjà valu plusieurs séjours derrière les barreaux.

Ils viennent d'ailleurs de mettre un terme au dernier en s'évadant de la prison. La voiture volée au bord de laquelle ils se sont enfuis vient d'être signalée dans le nord de la ville, près du stade municipal où va se dérouler la finale du championnat de deuxième division.

Quand Edgar arrive sur les lieux, la foule des spectateurs se presse par milliers aux entrées du stade. Les frères en fuite n'ont aucun mal à s'y fondre et à passer inaperçus. Ils s'installent dans les tribunes, en ayant soin de se séparer, cela va de soi.

Edgar connaît les deux malfrats pour avoir participé à leur dernière arrestation ; cependant, comment les repérer au milieu de la foule ? Heureusement, il a de bons yeux. Après avoir localisé les frères fripons, il téléphone à la police qui viendra les arrêter à la fin du match.

QUESTION

Noël et Léon sont-ils blonds, bruns ou chauves ?

GLACE

36

LE JOAILLIER VOIT ROUGE

La face d'Oscar Boucle est écarlate. Le joaillier de la place du Dôme, qui compte parmi ses clientes les étoiles du cinéma et les têtes couronnées du monde entier, laisse éclater sa colère.
– Diantre ! fulmine-t-il, alors que ses yeux jettent des éclairs, mon système d'alarme a été neutralisé. Il était pourtant du dernier cri.
Et d'une voix rauque d'émotion, Oscar Boucle raconte à Amandine qu'on lui a dérobé son plus beau bijou : un diadème orné de douze rubis que la comtesse d'Espaysse lui avait commandé pour le mariage de sa petite-fille.
– J'y ai mis tout mon savoir-faire, tonne le joaillier. J'en étais fier, je le dis en toute modestie. C'est pourquoi je me suis permis de l'exposer dans cette vitrine, en attendant que ma cliente vienne le chercher.
C'est alors qu'Amandine se met à siffler entre les dents. Elle lui tend sa loupe.
– Vous voyez ce que je vois ?
– L'empreinte du doigt sur le verre, vous voulez dire ?
Pour toute réponse, Amandine sort de son sac un jeu d'empreintes digitales de cambrioleurs fichés par la police.

QUESTION

Qui a volé le diadème ?

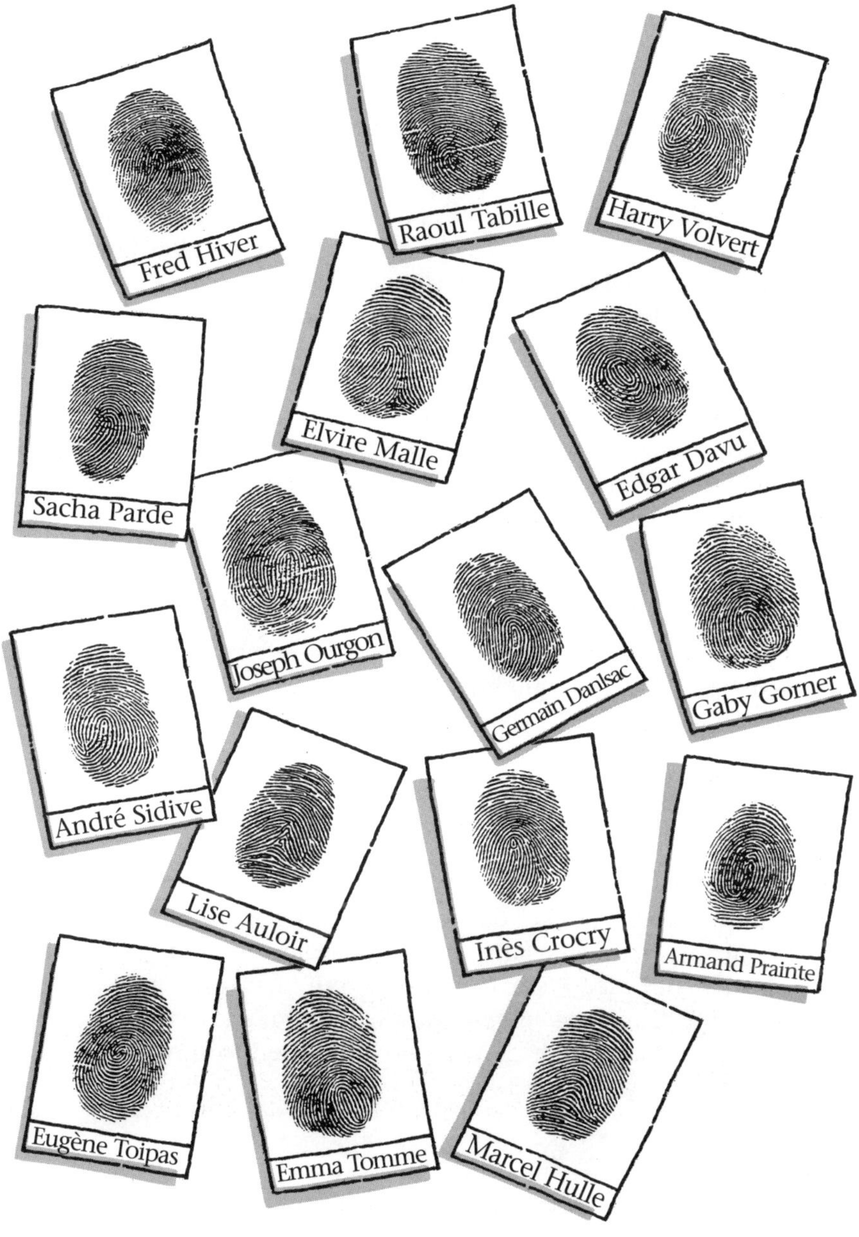
Fred Hiver
Raoul Tabille
Harry Volvert
Sacha Parde
Elvire Malle
Edgar Davu
Joseph Ourgon
Germain Danlsac
Gaby Gorner
André Sidive
Lise Auloir
Inès Crocry
Armand Prainte
Eugène Toipas
Emma Tomme
Marcel Hulle

37

UNE REINE DE RIEN

Anémone Dubois devrait se réjouir. Son rêve le plus cher a été exaucé : le jury d'Yrondèle, sa ville natale, l'a élue « Reine du Printemps ». Bientôt, elle s'envolera vers l'île de Pâques pour disputer le titre de « Reine du Printemps du Monde », avec ses concurrentes originaires des quatre coins du monde. Or, en attendant son départ, Anémone s'étiole, avec la peur au ventre. Un appel au secours, et Amandine part au petit matin pour Yrondèle.
– Je vis un cauchemar, lui confie Anémone. La nuit, j'entends des bruits de pas dans l'escalier. Je suis sûre que c'est ma rivale, Maud Issoytel, qui cherche à me voler la recette de mon régime amaigrissant.

Des régimes amaigrissants et des soucis de reines de beauté, Amandine n'en a strictement rien à faire. Par simple curiosité, elle se présente quand même chez Maud Issoytel. Qui nie tout, évidemment.
– Moi, aller chez Anémone Dubois ? Mais je ne sais même pas où elle habite.
Amandine en a assez vu pour savoir que Maud ment comme elle respire.

QUESTION

Qu'est-ce qui prouve que Maud lui a menti ?

VIDEO
5.-
TV6

38

LA MITE AU LOGIS

Le professeur Eugène Tiredaile possède une des plus importantes collections de papillons vivants. L'éminent spécialiste de lépidoptères attend aujourd'hui un envoi de spécimens très rares en provenance d'Australie. Il appelle son ami Edgar pour lui faire partager sa joie. Quand le colis arrive, Tiredaile l'ouvre avec précaution et installe les petites merveilles dans l'insectarium prévu pour elles. Quelle n'est pas sa surprise quand il constate qu'au lieu des douze papillons commandés il y en a treize qui s'ébattent au milieu de la végétation. Et ce treizième, que l'expert reconnaît aisément, est un vrai papillon de malheur qu'une main criminelle a dû introduire dans le colis pour détruire la collection du professeur. Il s'agit en effet de la redoutable mite Krokrok, aussi belle que néfaste, qui se nourrit exclusivement de ses congénères. Pour cela, il lui faut la lumière du jour. Elle ne va donc pas tarder à s'attaquer à eux.
Avant de sortir la bestiole de l'insectarium, Tiredaile décide de poser une colle à Edgar. Il lui montre la plaquette où sont représentés les douze papillons qu'il avait commandés en lui demandant de retrouver dans le bocal le passager clandestin. Edgar doit faire vite, car la mite Krokrok a très faim après son long voyage.

QUESTION

Où se trouve l'intrus vorace ?

1
2
3
4
5
6
7
8
9
10
11
12

39

UNE FAUTE RÉVÉLATRICE

Le comte Roland de Laju-Jotte est alarmé. Il tend à Amandine la lettre anonyme qu'une main inconnue a glissée pendant son sommeil sous la porte de sa chambre.

– Quel odieux chantage ! s'emporte le comte Roland. On me réclame ce que j'ai de plus précieux, la chevalière des Laju-Jotte. Elle est transmise de père en fils aîné, depuis bientôt sept siècles. Et que veut dire cette menace terriblement mal formulée : « Sinon !!! » ? Mademoiselle, notre belle langue fiche le camp.

– Qui ouvre et qui ferme le portail de la propriété ? demande Amandine.

– Moi-même, réplique Laju-Jotte. Je me couche avec les poules et me lève au cri du coq.

Amandine examine la lettre avec soin. Puis, elle demande l'autorisation d'observer les trois employés du comte pendant leur journée de travail. Le majordome, le jardinier et la cuisinière lui semblent être les seuls suspects possibles. Le résultat de son enquête lui donne raison.

QUESTION

Qui veut faire chanter le comte ?

DIPLÔME
Majordome
Médicaments pour le Comte
Lundi
matin
Chère Elsa
Aujourd'hui un vol a été commis dans notre demeure
La Comtesse Gehlert assistera à la cérémonie
Graines de persil
Tulipes
Coquelicots
Trèfles
Livèches
rosiers
TOURBE
ENGRAIS
MENU jeudi
Potage
Bœuf
MENU mardi
crudités
1k
CRÈME AU CITRON
-yaourt
-sucre vanillé
-citron
-crème

40

POUR LA BONNE FAIM

Vendredi 21 juin, 18 heures. Edgar et Amandine referment la porte de l'agence Lenoir et Blanc pour se rendre à la fête de la musique.

Dans l'entrée de l'immeuble, Mme Sécausse, la gardienne, et M. Graulard, le locataire du premier, sont en vive discussion avec le coursier de la « Maison du jambon ». En apercevant les deux détectives, tous les trois les prennent aussitôt à partie.

– J'ai commandé ce matin un jambon entier, explique la gardienne, passablement échauffée. N'en voyant pas arriver le moindre morceau, j'ai pris mon téléphone tout à l'heure, et je me suis plainte.

– Quand le patron m'a reproché que Mme Sécausse attendait toujours son jambon, je n'ai rien compris, déclare le coursier, car le jambon de la dame, je l'avais bel et bien livré en fin de matinée. Comme elle n'était pas là, je l'ai laissé aux bons soins du monsieur du premier. Et c'est ce que je suis venu dire à la cliente.

– Quel mensonge éhonté ! vitupère Graulard. Je n'ai pas vu le coursier et encore moins le jambon, pour la bonne raison que j'ai passé ma journée au Grand Prix de trot. Je viens seulement de rentrer.

Amandine et Edgar se sourient d'un air entendu. Si toutes les énigmes étaient aussi faciles à résoudre que celle-ci, il ne leur resterait plus qu'à fermer boutique. Ils n'en sont pas là, la suite vous le montrera.

QUESTION

En attendant, dépêchez-vous de trouver où est passé le jambon.

MAISON
DU
JAMBON
SO
EL
ADIEU
RHUMATISMES
GRAND PRIX
DETROT
SAM. 22 JUIN
DENT
100
MAISON DU JAMBON
MAISON DU
JAMBON

SOLUTIONS

1. Un fantôme en plein jour !

Le «fantôme», c'est évidemment M. Grangeux. S'il venait tout juste de sortir de la douche, comme il le prétend, il aurait les cheveux mouillés et ne porterait ni chemise ni cravate sous son peignoir. Quant au pansement tout frais qu'il a au front, n'indique-t-il pas qu'il vient de se blesser ? En se cognant contre le chambranle de la porte de Mme Mollet, par exemple.

2. Des ronds de bière qui valent très cher

Fernand Branca a substitué une valise d'aspect identique à celle de Dora. Il vient de monter l'escalier pour se cacher parmi les clients du bistrot.

3. Le vol du perroquet

C'est le paquet de graines pour oiseaux dans l'étagère sous l'évier qui trahit Renaud Duveton. Il dit détester les oiseaux ; s'il a volé le perroquet de Mme Bécaud, c'est donc par appât du gain.

4. L'habit ne fait pas passer la douane

Orlando Solitario a profité de son passage aux toilettes pour se déguiser en bédouin et chausser des lunettes de soleil. Il vient de réapparaître, portant son gros colis sous le bras.

5. Nouilles et magouilles

L'inconnue vient de traverser la rue devant l'usine avec la mallette contenant la nouvelle collection de pâtes. Elle se tient à droite de l'arbre qu'on est en train de tailler.

6. Chêne d'horreur

Émile Roseau ment. Il a bel et bien dormi chez lui, son lit défait le prouve ainsi que le petit déjeuner qui attend sur la table. S'il était revenu de chez sa sœur il y a cinq minutes à peine, il n'aurait pas manqué de retirer le journal de la boîte aux lettres et de rentrer la bouteille de lait qu'on lui livre tous les matins.

7. Le retour des frères Garavokoff

Il suffit de reconstituer le message en recollant les morceaux de papier déposés dans le cendrier : « Jojo, ça y est ! RV samedi à minuit derrière la banque. Préviens Ricky et astique le matos. Nicky. »

8. De quoi perdre au change

Gaston Laplanche est une andouille ! Il n'a pas remarqué que les billets de cinq dollars qu'il doit écouler pour le compte des faussaires ont un défaut qui saute pourtant aux yeux : au lieu du 5, c'est un 3 qui figure en haut à gauche du billet.

9. La vérité ne tient qu'à un cheveu

Comment Léo Cry, qui n'a visiblement pas le moindre poil sur le crâne, aurait-il pu laisser des cheveux sur le peigne ? Ce sont donc forcément ceux de Dimitri Potter, et c'est probablement à lui qu'appartient le peigne qui traîne sur la commode.

10. Course d'obstacles

Larry Caubert a raison de se faire du souci. Les deux hommes qui s'apprêtent à remplir le réservoir de sa voiture sont de mèche avec son concurrent jaloux. La preuve : le tuyau n'est pas relié au réservoir du mélange d'essence F98 mais au réservoir d'eau !

11. Le voleur de la tombola

Grâce à la photo qui accompagne la lettre anonyme, le voleur pourra être démasqué avant de passer à l'œuvre. Il est déguisé en matelot et se tient entre la femme au chapeau et le chevalier en armure. On le reconnaît à sa boucle d'oreille.

12. Le saphir de Sumatra

L'histoire inventée de toutes pièces par le bijoutier pèche par un détail de taille. Le voleur n'aurait pas pu claquer la porte du bureau au nez de Camille de Côtay étant donné qu'elle s'ouvre vers l'intérieur.

13. Une note d'hôtel qui sera salée

Deux indices permettront de retrouver la trace du client malhonnête : le bout de journal avec l'annonce d'un film et la feuille arrachée d'une éphéméride, comportant tous les deux le nom de Caroline. L'homme a rendez-vous avec ladite Caroline ce soir à 20 heures au Ciné + pour aller voir *Un escroc de trop*.

14. Un rôle d'enfer

Yvon Mevoyre a sournoisement caché le costume de Bruno Dagen dans sa loge pour pouvoir enfin occuper le devant de la scène. Il ne tardera pas à déchanter !

15. La Margarida tricolore

La femme de ménage et le plombier sont hors de cause. Reste le vendeur de voitures. Quel saligaud ! Abandonner son mégot de cigare sous le canapé de Gérard Menvussa, c'est du propre !

16. Des photos parlantes

Pour comprendre ce qui s'est passé, il convient de disposer les photos dans l'ordre suivant : D I B H G E F C A. Albert Doilon et son ouistiti observent (D) l'arrivée de Pat Trophor chez sa fiancée, la princesse Navina (I). Ils entrent dans la maison où Pat offre à Navina un magnifique collier (B). Navina est ravie (H). Les deux quittent la pièce (G). Doilon envoie son ouistiti (E) qui s'empare du bijou (F) et le lui rapporte (C). Effarés, Navina et Pat constatent la disparition du collier (A).

17. Qui n'a pas pris son billet ?

Dans sa précipitation, le passager clandestin a abandonné sa chaussure droite dans le canot de sauvetage. Il s'est réfugié sur le pont supérieur et, le regard tourné vers le lointain, semble s'amuser de l'officier qui braque ses jumelles sur la mer.

18. Cousu de fil blanc

Par terre, parmi les pierres, gît un bouton. Celui-là même qui manque à l'uniforme du portier. Pas la peine donc de chercher plus loin. C'est le portier qui a dérobé la statue. Le jardinier lui aurait-il donné un coup de main ? Ce n'est pas exclu.

19. Un nain peut en cacher un autre

Huguette Laucaze a beau faire l'innocente, prise au dépourvu, elle n'a pas eu le temps de cacher le nain au violon qui se trouve dans une caisse à l'entrée de sa maisonnette.

20. Pour les beaux yeux de Lola

Lola ne s'y est pas trompée ! Quelqu'un l'a épiée à travers le trou de la serrure pendant qu'elle se préparait pour entrer en scène, et c'est cette personne qui a dérobé par la suite une photo de la chanteuse accrochée à son miroir.

21. Le message déniché

Voici le texte décodé du message qui permettra à Edgar et Aimée Lagomme de retrouver le sac rempli d'argent caché par Lebic : MAGOT EN HAUT DU CHÂTEAU DES CORBEAUX DERRIÈRE CHEMINÉE DOUBLE LEBIC

22. Fin d'une carnivore

D'où viennent toutes ces épines de cactus piquées dans la blouse de Rita Dupot ? Une seule explication : elles s'y sont accrochées quand l'employée menteuse et envieuse s'est penchée sur le cactus pour reléguer la *Carnivora* au fond de l'étagère.

23. Au hasard la chance

Dans l'atelier du forgeron se trouve la mallette d'Émile Heurot marquée de ses initiales, celle-là même qu'il portait en sortant du métro.

24. L'amiral a mis les voiles !

Le portrait de l'amiral se trouve dans le coffre de la voiture. C'est le chauffeur qui l'a embarqué pour le revendre à un amateur d'art sans scrupule qui a commandité le vol.

25. Une invention qui recoiffe

Il s'en est fallu d'un poil pour que la collègue de Samson Tifftel que l'on voit à droite ne reparte avec la précieuse formule cachée dans les papiers qu'elle serre sous son bras (on reconnaît le papier en-tête du chercheur).

26. Le puzzle du pickpocket

Le matricule de Dédé Trousseur est 479901.

27. Mirabelle

Peggy Pécari a raison ! Sa petite cochonne a été enlevée par un voleur qui l'emporte dans son sac à bandoulière. Comme vous voyez, l'homme se trouve encore dans la même rangée que Peggy et essaie de se frayer discrètement un chemin à travers la foule.

28. C'est un peu fort de café !

Germain Petiju n'a pas perdu son temps. Après le départ d'Amandine, il a enlevé la grosse mallette noire de l'étagère. À son retour, Amandine remarque qu'il manque une clé au tableau. Elle est maintenant fichée dans la serrure du bureau de Petiju. Il y a fort à parier que la mallette contient le service de Seychauld, sinon, pourquoi l'avoir changée de place ?

29. Traquenard au bar

Un jeu de cartes comporte quatre as : l'as de trèfle, l'as de pique, l'as de cœur et l'as de carreau. Sur la table, il y en a déjà trois. Sam Horsec en a deux autres dans son jeu. Ça en fait un de trop. C'est donc lui le tricheur.

30. Du toc, mais de quelle époque ?

Roland Bobine essaie d'embobiner son client ; avec vous, cela ne prendra pas. La gravure est visiblement un faux de facture récente, exécutée par un faussaire ignare. Le téléphone à touches n'existait pas en 1877, il a été inventé une centaine d'années plus tard.

31. Bon pied, bon œil !

Le bout de la botte près de la porte d'entrée du magasin pointe vers la chaussure dépareillée dans laquelle X avait caché le microfilm.

32. Où vont se nicher les coucous ?

Le colis recherché se trouve dans l'étagère du milieu, au-dessus de celui sur lequel figure un verre. Il est adressé à M. Jacques Roche, 4, rue Moche à Cloches.

33. Des matelots à vau-l'eau

Les traces dans la farine ne peuvent provenir que de semelles de chaussures de tennis. Le seul qui en porte, c'est Éric Ochet, le garçon de courses.

34. Un passeport qui ne passera pas

Selon le passeport, Thomas Gouille serait né un 30 février. Or, le mois de février est le plus court de l'année : il compte seulement 28 jours, et 29 les années bissextiles.

35. Deux tirs au but en finale

Les frères Agagnier sont blonds. Noël est assis au premier rang, à proximité du vendeur de glaces. Léon a préféré monter dans les gradins, on le voit dans la partie gauche, troisième rangée en partant du haut. À moins que ça ne soit Noël qui se trouve là-haut et Léon au premier rang.

36. Le joaillier voit rouge

L'empreinte digitale sur la vitrine a été laissée par Germain Danlsac.

37. Une reine de rien

Un gant de femme perdu dans la cage d'escalier ! Perspicaces comme vous êtes, vous n'avez pas manqué de trouver celui qui fait la paire. Maud Yssoytel l'a posé sur une tablette sous son poste de télé. C'était donc bien elle qui rôdait dans l'immeuble d'Anémone Dubois.

38. La mite au logis

Il faut vite déloger la mite Krokrok de la branche en haut à droite de l'insectarium !

39. Une faute révélatrice

« Lindi » au lieu de « lundi » ! Cette faute d'orthographe ne se trouve pas seulement dans la lettre anonyme mais aussi dans le menu affiché dans la cuisine et trahit ainsi la cuisinière.

40. Pour la bonne faim

Nous sommes le vendredi 21 juin. L'affiche sur la colonne Morris annonce le Grand Prix de trot pour le samedi 22 juin. La gourmandise est un vilain défaut et Graulard un méchant menteur qui restera sur sa faim.

TABLE

Dans la même série

FORMAT POCHE

www.actes-sud-junior.fr

Reproduit et achevé d'imprimer
en octobre 2010
par l'imprimerie Hérissey
à Évreux (Eure)
pour le compte des éditions
ACTES SUD
Le Méjan
Place Nina-Berberova
13200 Arles

Dépôt légal
1re édition : janvier 2010
N° impr. : 115030
(Imprimé en France)